KB063857

꽃같거나 좆같거나

청춘문고

목차

사랑의 전조

사랑하지 않는 삶에서의 행복은 극대화되지 않았다. 지속되지 않고 정도껏만 행복해서 이후 찾아오는 쓸쓸함과 공허, 그 허무함에 나는 평소보다 더 불행해져야만 했다.

그런 나의 이름을 다정한 어조로 불러주고, 겉주머니 아닌 따뜻한 안주머니에 있던 너의 담배는 다시금 나의 모든 오감을 극대화시켜주었다.

가을

아침부터 공기만큼이나 기분이 상쾌했어. 학교로 가는 오르막길을 오르며 난 핸드폰을 양손에 쥐고 친구에게 너에 대한 이야기를 하느라 신났었지. 그때 바람이 불더니 낙엽이 떨어졌어. 떨어지던 낙엽이 내 왼손 엄지손가락 사이로 들어온 거야. 너무 신기했어. 낙엽이 내 손가락 사이에 저절로 굴러 들어와 주다니!

떨어지는 낙엽을 잡으면 사랑이 이루어진다는 말이 있다고 친구가 내게 말했어. 하지만 난 낙엽이 내 손가락 사이로 스며들었는걸. 어떡해. 사랑이 오려나 봐. 네가 오려나 봐.

겨울

떨어지는 낙엽이
슬프다고 하여
사랑했던 그에게
돌아갈 수는 없었다.
왜냐하면 나는
따뜻한 겨울을
만났기 때문이다.

계절의 부재

만약 겨울이 없었다면 어떤 계절이 겨울을 대신했을까?

봄

우주는 우리에게 무관심하다.
봄이 우리를 위해 오는 것이 아닌 것처럼.

나 역시 우주의 봄에게 무관심하다.
나를 위해 오는 봄이 오직 너뿐인 것처럼.

꽃샘추위

꽃 피는 봄날을 시샘하지 마세요.
행복한 나를 시샘하지 마세요.
거세게 불어오는 바람이 우리를 모호하게 만들잖아요.

여름이 그저 여름인 것처럼,
겨울이 그저 겨울인 것처럼
그대도 그저 그대로 남아주세요.

바람 앞에 우리는 흔들릴 뿐 꺾이지 않아요.
그러니, 그대.
제발 이 바람에 맞서 나를 더 세게 안아주세요.

여름

우리 이제 다시 만나자.

나 널 좋아하는 것 같아

연애가 처음이 아닌 나는 너무 잘 알고 있다. 모든 것에 처음과 중간 그리고 끝이 존재하는 것처럼 연애도 그렇다는 사실을 말이다.

누군가 차갑게 돌아서면 다른 누군가는 처절하게 버려질 수도 있다는 것을. 천사 같던 사람이 상대의 평안 대신 불행을 빌어주는 착하지 못한 사람이 될 수도 있다는 것을.

어차피 돌아서는 사람이 내가 되거나 혹은 버려져야만 하는 사람이 내가 돼야만 한다면, 나는 지금이 순간 너를 더 사랑하겠다. 조금도 덜하거나 더하지 않고, 있는 그대로의 내 마음을 너에게 고백하겠다.

쓰다 (write)

내가 그 사람에게 첫 연애편지를 전해주던 날, 그 사람이 내게 말했다. 이건 반칙이라고.

내 편지를 받고 행복해하는 그 사람 모습을 보고 있자니 지금껏 흔하고 덤덤하게 전해졌던 내 모든 연애편지가 전부 아깝다 느껴졌다.

내 글이 너에게 기쁨이 되고 감동이 되는 게 좋다. 너의 기억 속에서 잊혀지지 않을 한 줄을 위해 나는 오늘도 너를 쓴다.

2014년 12월 6일

안녕. 추위를 많이 타는 네가 가장 싫어한다던 겨울이 오늘날 우리의 계절이 되었어. 네 말대로 겨울은 너무 추워. 하지만 글 쓰는 내가 가장 사랑하는 계절 중 하나이기도 해. 그래서 나는 네가 나처럼 이 계절을 사랑해주길 바라. 난 벌써 여름을 좋아한다던 너의 말에 여름이 좋아졌거든.

잊지 않고 적어준 「청춘」은 잘 읽었어. 장밋빛 볼과 붉은 입술을 가진 내 청춘에 널 만나 너무 감사해. 조금이라도 더 예쁠 때 예쁜 모습을 보여줄 수 있다는 게 참 행복해. (넌 객관적으로 내 얼굴이 예쁜 얼굴은 아니라고 답하겠지만.)

아무도 이해해주지 않는 내가 너에게 반하던 그 밤 그 시간은 여전히 내게 또렷해. 엔트러에서 내가 이상적으로 생각하던 연인의 모습을 하고는 함께 책을 읽고 대화를 나누던 그날. 집 가는 길, 아무래도 널 좋아하는 것 같다며 내 마음을 말하던 그때의 수줍은 나도 선명하게 기억나. 시간이 지나도 정말 잊고 싶지 않은 순간들이야.

혹시 기억나? 전화로 서로에게 질문 하나씩 하던 얼마 전 새벽 말이야. 그날 내 오늘의 질문에 대한 네 대답이 무책임지 않았던 것이 참 고마웠어. 깊어질 거란 너의 대답을 듣고 덩달아 내 마음은 이미 깊어졌지. 내가 널 먼저 좋아하게 됐지만 네가 날 먼저 사랑하게 됐으면.

용기와 모험심이 사라지고 영감이 끊기는 순간이
오겠지? 더 이상 내가 글을 쓸 수 없는 날까지 지
금과 같은 네가 내 옆에 있어줬으면 좋겠다.

서로에게 따뜻한 겨울이 되어주자. 해삐-

해피 크리스마스

내가 말했잖아. 나는 이런 마음이 가장 사랑스러운 사랑 같아. 파리를 사랑하는 나를 위해 파리행 비행기 티켓이 아니고 2천 원짜리 에펠탑 화병을 사오는 것. 노래를 크게 듣고 싶다는 내 말에 다 쓴 휴지심으로 스피커를 만들어 음악을 틀어주는 것. 유난스러운 크리스마스에 화려한 선물이 아니라 나 모르게 손수 뜬 머플러를 내게 건네는 것.

경제적인 풍족함으로부터 내게 주는 마음 아니고 소박함 속에서 내게 주는 너의 그 정성 어린 진실됨이 나는 세상에서 가장 사랑스럽고, 또 나를 가장 사랑받는다고 느끼게 해준다.

머플러를 내 목에 매주며 너는 말했지. 앞으로 네가 돈을 벌게 된다면 이런 정성 담긴 선물은 해줄 수 없을 거라고. 그 자리에서 난 분명 너에게 말했지만 앞으로도 계속 말할 거야. 있잖아. 나는 차라리 돈을 못 벌어도 좋으니 이런 소박한 온기를 평생 내게 줄 수 있는 사람과의 동반을 꿈꿔. 있잖아. 돈은 네가 대기업 들어가 받는 연봉보다 내가 더 많이 벌어올게. 그러니 매 순간 나를 너라는 드라마 안에 살게 해줘.

고백

자기 잘못을 알고 미안한 마음을 진솔하게 고백하는 건
진지한 사랑 고백만큼이나 멋진 일이야.

예술사

사랑하는 사람이 나를 하나의 예술작품으로 바라봐
주는 것은 황홀을 곁들인 감동에 가깝다. 그는 나체
의 나를 보고 감탄하며, 보티첼리의 작품 〈비너스
의 탄생〉 같다고 말했다. 나는 민망해 그냥 웃어넘
겼지만 시간이 아무리 지나도 그 말을 이길만한 그
어떤 묘사도 나는 찾지 못했다. 온전한 나를 향한 그
의 찬사는 우리의 사랑을 하나의 예술사로 만든다.

무지개

사랑은 나의 삶을 다채롭게 물들인다.

방언

'오름'은 산 혹은 산봉우리라는 제주의 방언.

방언이란 한 언어에서, 사용지역 또는 사회계층에 따라 분화된 말의 체계.

'파랑파랑해'는 사랑해라는 나의 방언.

나의 방언이란 너를 향한 수줍은 마음에서부터 파생된 말의 체계.

기념일

어느 날 오후에 내게 건네는 너의 3천 원짜리 꽃다발.
우울한 날 우리 집 앞에 네가 두고 간 내가 좋아하는
초콜릿.
예능을 보고 박장대소하는 나를 보며 웃는 너.
막히는 차 안에서 지루해하는 나를 향한 뜬금없는
너의 사랑 고백.

예상치 못했던 너의 사랑은 내 마음에 깃들어
평범한 오늘을 특별한 기념일로 만들어준다.

맛있는 온도

음식마다 제각각 맛있는 온도가 있다. 그 온도가
지켜져야만 우리는 음식을 맛있게 먹을 수 있다.
제아무리 먹음직한 음식도 적절한 온도를 잃으면
음식물 쓰레기가 된다. 버려지지 않기 위해서는 너
무 뜨거워서도 안 되고, 너무 차가워서도 안 된다.

연애는
인생의
축소판

보이지 않는 권력 싸움은 갑과 을의 관계를 형성한다.
바라지 않는척해도 기브 앤 테이크가 확실하다.
열심히 하지 않으면 버려진다.
열심히 해도 버려진다.

살면서 우리는 나름의 처세술과 노하우를 얻는다.
인생을 알 것 같다고 생각했지만, 결국 우리는 다시
모른다고 답한다. 전부였던 한 명을 떠나보내며 우
리는 나름의 처세술과 노하우를 얻는다. 사랑을 알
것 같다고 생각했지만 결국 우리는 보기 좋게 다시
혼란에 빠진다.

인생을 살면서 느낄 수 있는 것들은
대부분 연애를 통해서도 느낄 수 있다.

어떻게 죽느냐보다 어떻게 사느냐를 고민하는 인생처럼
어떻게 이별하느냐보다 어떻게 사랑하느냐를 고민하며
우리는 그렇게 또 이별 뒤에 연애를 한다.

같은 시간
다른 우리

우리는 참 다른 사람이었다.
내가 내일보다 오늘, 오늘보다 지금을
생각하고 행동하는 사람이었다면
그는 오늘보다 내일, 내일보다 먼 미래를
계획하고 행동하는 사람이었다.
그래서 내가 뜨겁고 열정적인 모습이었다면
그는 침착하고 차분한 모습이었다.
하지만 그의 모습이
사랑의 크기를 말해주는 것은 아니었고
나의 모습 역시 사랑의 깊이를 대변할 수는 없었다.
즉흥적인 나는
내일을 계획하는 그의 지금을 책임져주었고
계획적인 그는 오늘만 보는 나의 내일을 바꿔주었다.

오늘을 사는 나의 내일에는 당신이 있겠지.

내일을 계획하는 당신의 오늘에는 내가 있겠지.

그렇게 우리는 같은 시간 다른 우리로 함께 하겠지.

이상적 사랑

언젠가 한번은 이런 일이 있었다. 절대 그럴 것 같지 않던 친구의 남자친구가 다른 여자와 연락을 주고받다가 들킨 것이다. 그 사건은 두 사람을 아는 사람들, 특히 여자들 사이에서는 꽤나 큰 충격으로 다가왔다. 이후 자신의 남자친구를 못 믿는 여자들이 여기저기서 속출하기 시작했다.

방금까지 문자를 주고받아놓고 왜 전화는 받지 않는지. 밥 먹으러 간다고 해놓고 대체 술은 왜 마시고 있는지. 친구들을 만나러 간다고 했지 그 자리에 여자가 있다고는 말 안 했잖아.

의심의 여지를 주는 상대의 행동은 시기적으로 여자

에게 더 예민하게 다가왔다. 결국 가벼운 눈꽃 송이
는 거대한 폭설이 되어 잦은 다툼과 이별의 원인으
로까지 전개되었다.

자연재해만큼이나 끔찍한 상황 앞에서 나도 나 자
신을 되돌아봤다. 나는 어떤지, 상대에게 어떤 믿음
과 사랑을 주고 있는지.

나는 사실 내 남자는 그러지 않을 것이다 자부하며
믿지 않지만, 그렇다고 해서 내 남자는 그럴 것이다
하고 의심하지도 않는다. 그리고 그런 마음이 가장
이상적인 사랑을 하게 해준다는 생각이 들었다.

LIKE CRAZY

이 영화를 보고 가구 디자인 하는 남자를 만나 보고 싶단 생각을 했었고, 의자를 만들어주는 남자와 결혼해야지 마음먹었었다.

첫 번째 그 남자는 내가 "이 영화 내가 제일 좋아하는 영화야. 나랑 같이 보자" 했더니 알겠다는 말만 하고 끝끝내 같이 봐주지 않았다. 체념하고 "그럼 나도 저렇게 의자 만들어줘" 했을 땐, 만드는 것보다 사는 게 더 좋다며 나중에 좋은 거로 하나 사준다고 말했다. 그리고 그 말은 나를 울렸다. 기분 더럽게.

두 번째 그 남자는 "이 영화 내가 제일 좋아하는 영화야. 나랑 같이 보자" 했더니 곧바로 이 영화를 재생했다. 영화를 다 보고 한동안 우린 말이 없었다. 그때 그 남자는 조용히 내게 말했다. "여자 주인공이 꼭 너 같아. 나도 너한테 의자를 만들어주고 싶어." 그때 그 말은 이 영화를 보며 첫 번째 남자를 떠올렸던 나 자신의 가슴에 비수처럼 꽂혔다. 너는 알까, 그렇게 이제 이 영화는 곧 네가 되었음을. 또 다른 그리움의 서막이 내게 열렸음을.

장점과 단점

남자1은 유쾌하고 단순했다. 그래서 같이 있으면 작은 장난만 쳐도 시간 가는 줄 몰랐다. 남자1과는 사소한 일로 투닥거리다가도 금세 다시 웃으며 장난을 쳤다. 그러나 남자1은 진지한 대화를 낯간지러워했다. 여자가 좋아하는 예술사에 관한 이야기들은 자신이 아닌 다른 사람들과 해주기를 바랐다.

남자2는 진지하고 진중했다. 세심한 배려와 꼼꼼한 남자2의 성격에 여자는 놀래기 일쑤였다. 가벼운 장난보다 진지한 대화에 더 능했다. 사회, 연예, 예술 등등 가리지 않고 여자와 많은 것들을 이야기할 수 있는 사람이었다. 그러나 그 진지함은 때때로 지루함이 되기도 했다.

장점과 단점 2

그를 사랑하는 이유가

그와 이별하는 이유로 바뀐다.

첫사랑

여자

사실 나는 내가 멋있는 사람이 되면
그때 너랑 헤어질 생각으로 널 잡았어.

남자

그래, 그렇게 해.
네가 스스로 멋있는 사람이라고 느낄 때, 그때 나
를 뻥 차버려. 근데 넌 지금도 너무 멋진 사람이야.

기억을 믿지 마세요

기억은 너무 주관적이어서 그 어느 것 하나 사실이
될 수 없다. 기억은 사실을 기반으로 한 하나의 허
구이다.

내가 연애에
의존하지 않는 이유

내가 너무 좋다며 가슴 벅찬 모습 보여도
친구들 앞에서는 낯부끄럽다는 핑계로
우리의 연애를 폄하할 거 다 알아.
내가 쓴 편지를 읽고 감동하는 모습 보여도
시간이 지나면 그 구절이 편지였는지 책이었는지
기억 못 할 거 다 알아.
최선을 다해 잘해주다가도
최선을 다해 나를 서운하게 할 거 다 알아.
우리를 위해서라고 말해도
결국 이 모든 건 너를 위한 일인 거 다 알아.
그렇게 나를 떠날 거 다 알아.

그럼에도 불구하고

….

권태

우리 사이에 권태가 오는 것은
어쩌면 나 자신에 대한
권태일 수도 있겠다.
뜨거운 사랑 타령이나 하는
나 자신에 대한
분노로부터 시작된 권태.

욕망

우리는 욕망과 권태라는 굴레에서 벗어나지 못하고 그 안에서 놀아난다. 어쩌면 그것은 피할 수 없는 숙명과도 같다.

이 옷을 가져야만 한다는 욕망은 옷을 가졌다고 해서 끝나지 않는다. 우리는 그 만족으로 살아가는 것이 아니라 결국 가진 옷에 대해 싫증을 느낀다. 그리고는 다시 다른 옷을 갈망하고 결국 그 욕망이 우리를 살아가게 한다.

그랬으면 좋겠다

반복해서 하는 연애는 지금 내 앞에 이 사람이 예전
그 사람보다 더 좋은 사람이라고 느끼게 해주기도
하지만, 예전 그 사람을 그립게 만들기도 한다.
더는 설렘의 대상과 그리움의 대상이 바뀌는 일도,
흐려진 기억을 앞에 두고 '내가 예전에도 이랬었
나?' 하며 스스로 자문하는 과정도, 이제 다시는 겪
고 싶지 않다.
이제는 그냥 내 앞에 이 사람이 마지막이었으면 좋
겠다.

불행의 시작

우리가 만나기로 한 날은 내 한 주의 원동력이 된다.
나는 하릴없이 나머지 요일을 살아간다.
그런데 왜 나만 우리가 만날 날을 기다리고 있는 것
처럼 느껴지는지.
너는 참으로 평안한데.
나만 애틋함에 애가 탄다.

머피의 법칙

남녀가 사귀다 보면 좋을 수만 없고 반대로 나쁠 수
만도 없지. 암, 그렇고말고.

그런데 어째서 남자친구와 다투고 서러움에 눈물 꾹
삼킬 때 내 앞으로 다정한 커플이 등장하는 걸까?

진짜 하늘 어딘가에 손가락 날리게 되는 머피의 법칙.

여자는 언제부터
이렇게 희생적이었나

남자는 내 여자가 아니어도
다른 여자에게 얼마든지 친절할 수 있다.
그러나 여자는 내 남자가 아닌 다른 남자에게
최대의 노력을 하지 않는다.
그 마음이 여자를 매 순간 사랑 앞에서 희생적으로
만든다.

그 남자와 그 여자

여자는 말했다.
"현실적인 수치를 다 떠나, 우리 결혼하자."
여자가 생각할 땐 자신이 당장에 큰 집이나, 화려한 웨딩, 안정적인 삶을 살 수 있게 해주는 그 어떤 기반도 원하지 않는데 왜 우리가 지금 결혼할 수 없는지 의문이 들었다. 그런 것쯤이야 젊은 날의 우리가 일궈나가도 되는 것들이니까.

남자는 말했다.
"현실적인 수치를 무시할 수 없어."
남자가 생각할 땐 어느 정도의 기반은 있어야 시작할 수 있다는 것이 핵심이었다. 그래야 우리가 더 행복할 수 있다고 여자에게 말했지만, 사실 그건 여자를 방패 삼아 내세운 본인의 행복이기도 했다. 여자도 남자의 생각을 모르는 건 아니었다. 한겨울 칼바람보다 더 매서운 것이 현실이라는 것을 여자도 잘 알고 있었다. 하지만 그럼에도 불구하고 여자는 다른 사람도 아닌 오직 '너'니까 이 모든 위험을 감수하면서라도 행복할 수 있다고 말하는 것이었다. 여자는 아직 준비되지 않았다는 남자에게 말하고 싶었다.

이제 나를 너라는 안전선 안에 가두어줘.

집착은 사랑이 아니야

집착을 사랑의 전유물쯤으로 여기는 사람들이 있다. 시시때때로 연락을 주고받는 것은 당연하며, 어디서 누구와 무얼 하는지 알고 있어야 하고, 이성이 있는 자리는 피해야 하며, 아무리 친구들끼리 놀더라도 귀가 시간이 너무 늦어져서는 안 되고, 하다못해 옷차림마저 나 아닌 다른 사람의 시선을 끌어서는 안 돼!

그들은 상대방을 많이 사랑한다는 이유를 앞세워 자신의 행동을 합리화한다. 그리고 그것을 사랑이라 말한다. 그러나 집착은 사랑의 전유물이 아니다. 그것은 상대를 자신의 전유물로 여기고 있다는 증거이다.

프리쿠폰

우리는 살면서 가장 흔한 착각 몇 가지를 반복적으
로 한다.
마치 평생을 살 것처럼 시간을 바라보고
마치 평생을 함께할 것처럼
지금 내 옆에 있는 사람을 사랑하는 것.

그리고 우리는 언제 어떻게 사용기한이 만료될지
모르는 프리쿠폰을 가지고 있다.
이후의 죽음
그리고 이후의 이별.

보고 싶어?

보고 싶다 말하면
지금 갈게라고 말하던 때가 있었지.
보고 싶다 말하면
내일 보잖아라고 말하는 지금 너는
내가 진짜 보고 싶어?

정말로 사랑한다면

너를 사랑해서 시작했던 배려와 이해가
어느 순간 당연해지는 날이 온다.

아침부터 출근하느라 힘들지.
이제 막 달게 된 명찰이 많이 버겁겠다.

그런 네 모습 보며 안쓰러워하는 나에게
너는 어느 날부터 이런 말들이 자연스러워졌더라.

일하는 날에는
"그날도 나 일하잖아."
일 쉬는 날에는
"어제 나 일했잖아."

정말로 사랑한다면 적어도 상대방을 불쌍하게 만들
지는 마.

오래된
연인들의
특징

만나서 뭐 할지 고민하지 않는다.

만나도 딱히 할 게 없다.

'우리가 옛날에도 안 해 본 걸 굳이 이제 와서 해야
하나?' 하는 생각 때문에 새로운 것에 대한 거부감
이 있다.

결국 매번 하던 것만 한다.

오래된 연인

최선을 다했다고 하지 마.

그런 거짓말이나 듣자고 했던 얘기가 아니야.

피해 보상 청구

너를 만나면서 네 돈이 아깝지 않았던 적은 너한테
관심 없었던 첫 만남 때뿐이었다. 너를 사랑하는
동안 나는 두둑한 네 지갑이 열리는 일이 쥐뿔도
없는 내 지갑 열리는 일보다 더 마음이 아팠었다.
처음 내게 10을 해주려는 너에게 나는 괜찮다는 말
로 내 주제를 낮춰가며 1만 받아도 행복해했다. 그
러다 보니 어느 순간 내 주제가 1이 되고 있음을
느꼈다. 나한테 돈을 쓰지도 않으면서 돈 없는척하
는 네 모습이 보기 싫어 나는 카드를 꺼냈다. 돈 없
다는 너는 매번 네 친구들을 만나 계산을 하고, 너
의 취미나 옷에는 과감하게 투자했다. 그런 너를
보며 남몰래 뒤에서 한숨 한 번 뱉고, 뒤에서 남은
잔액을 확인하고는 또 한 번 한숨을 뱉었다.

오늘날 내가 느낀 분노에 대한 피해 보상은 네가 훗날 너와 똑같은 여자를 만나는 것으로 청구되기를.

연애 앞에서 조급한
너에게 하는 위로

아직 연애할 때가 아니라고 생각해.
할 때가 되면 다 하게 돼있다고.
그 날의 이별을 물리적으로 막을 수 없었던 것처럼
오늘의 만남도 마찬가지라고.

SNS

우리는 행복을 기록하고
불행은 기억한다.

게스트하우스

정처 없는 여행을 했다.

- 방 있나요?
- 네, 들어오세요.

네가 내게 묻는다.

- 혼자세요?
- 네.

처음 본 우리는 마치 오랜 시간을 함께한 사이처럼
가볍게 웃기도, 무겁게 울기도 했다. 아, 낯선 사람
과 이렇게 새로운 인연이 되는구나. 그렇게 우리가

깊어졌다고 생각했다.

다음 날, 너는 떠났다. 다음 여행을 위해.

네가 떠난 자리에는 다른 사람이 들어왔다. 처음 본 사람과 나는 어제의 우리처럼 다시 가볍게 웃기도, 무겁게 울기도 한다. 아, 낯선 사람과 이렇게 새로운 인연이 되는구나. 그렇게 우리가 깊어졌다고 생각했다. 다음 날, 나는 떠났다. 다음 여행을 위해.

압박

글을 써야 한다는 압박은 오히려 글을 쓸 수 없게 한다.
너를 잊어야 한다는 압박은 도리어 너를 떠올리게 한다.
꼭 그래야만 한다는 마음은 결국 그러지 못한다가 된다.

닭과 달걀

닭이 먼저일까
달걀이 먼저일까
생각이 먼저일까
감정이 먼저일까
생각하기 때문에 그런 감정이 드는 걸까
감정이 생겼기 때문에 그런 생각을 하는 걸까

인생의
꽃은
나야

누구나 원하는 삶이 있어. 그 이상향은 제각기 다
르겠지만 하고 싶은 것을 머리로만 하며 월급 전에
한숨을 벗 삼아 계산기를 두들기는 삶은 분명 아닐
테지.

꿈은 좇는 사람을 바보라 말하는 사람은 주어진 환
경 안에서 합리적인 수치를 계산해. 이 정도여도
만족스럽다 말하면서 그걸 긍정이라 여겨. 하지만
마음은 무의식의 꿈을 꾸고 있잖아.

나는 그런 포장을 하기 이전에 그 벽을 부수고 나
가. 나는 너의 잣대로 평가할 수 있는 사람이 아니
야. 인생의 꽃은 나야.

버지니아 울프가 되거나
프리다 칼로가 되거나

냉정과 열정은 매우 닮아있다.
우리는 사랑할 때
버지니아 울프의 냉정을 갖거나
혹은 프리다 칼로의 열정을 가져야 한다.

우리의

그는 취업을 해야 했고, 나는 글을 써야 했다.
우리는 바빠져야 했고, 그로 인해 멀어져야 했다.
헤어지기로 했지만, 헤어질 수 없었다.
열 번을 졸랐지만, 헤어져야만 했다.
나보다 낮은 자존감과 자기애를 탓하며 떠나는 그에게
열한 번을 조를 수는 없었다.
나를 집 앞까지 바래다주고 떠나기 전 그는
나의 이마에 입을 맞췄다.

아름다웠던

왜 새 옷을 사거나 새 신발을 사면 아끼게 되잖아.
깨끗하게 신고 싶어서.
비 오는 날에는 신고 나가지 않고, 진흙탕은 피하고.
너는 나한테 그런 존재야.
지금 내가 흙탕물에서 뒹굴어야 해서
잠시 보물 상자에 널 넣어둔 거야.

이별을
애도하며

행복해야만 한다는 강박증 환자의
생일 당일 오후는 눈물바다였다.
혼자는 아니었으나, 혼자였다.
그가 보낸 생일선물 상자를 열어보고
나는 한참을 더 울어야 했다.
헤어지지 않았더라면 행복했을 선물이 됐을 텐데
이미 죽어버린 사랑으로부터 온 그 상자는
마치 죽은 자의 유품과도 같았다.

우리의 연애가 늘
꽃같을 수 없는 이유

아무리 좋은 향기도 계속 맡으면
역겨운 냄새에 불과한 것처럼
꽃 같은 연애 역시 계속 지속되면
가끔은 구역질이 나기 때문이다.

남자의 입장

나도 다리 아픈데 버스나 지하철에서 너한테 자리를 양보해야 했고, 미리 문을 열어준다거나 길 안쪽으로 너를 걷게 하면서 내 사랑을 증명해야 했고, 피곤해서 집에 가고 싶은데 집까지 데려다 달라는 너를 데려다줘야 했고, 감기 기운이 있어서 일부러 따뜻하게 입고 나갔는데 춥다면서 내 외투를 뺏어갈 때 난 그걸 뺏기고 있어야만 했다.

언젠가 길에서 어깨 넓은 남자를 한참이나 보길래 다음 날부터 나도 운동을 열심히 했는데 만나자마자 어깨 좁다고 말할 때, 기분이 안 좋아 보여 재밌게 해주려는데 재미없다면서 바로 정색할 때, 이럴 때도 곤란하긴 하지만, 나도 많이 사랑하는

데 마치 혼자만 사랑하는 것처럼 말하면 나는 정
말 이 사랑을 어떻게 해야 할지 모르겠다.

꽃같을 때

더위, 겨울인데도.

좆같을 때

추위, 여름인데도.

우리의 사랑은
무엇을 남겼을까

훗날 그 사람을 다시 만나려면 오늘날의 애틋함을 힘겹게 삼켜 애써 소화시켜야만 한다는 것을 나는 너무 잘 알고 있었다. 그래서 나는 떠나야만 했다.

여행이라 쓰고 도피라 읽었던 나의 제주에는 오히려 그 사람과의 잔상들이 널브러져 있었다. 함께 와 보지도 못한 제주인데 말이다. 오름을 오르던 내 걸음이 마치 그를 향해 내딛는 것처럼 느껴져 울컥하지 않을 수 없었다.

그날 밤, 나는 세화바다 앞에서 그에게 전화를 걸었다. 세화는 내가 가장 사랑하는 제주였다. 가장 사랑하는 바다 앞에 왔으니 그에게 전화를 거는 것은 어쩌면 너무 당연한 일이었다. 우리는 번갈아가며 서로의 안부를 물었고, 나는 제주에서 쓴 편지를 보내겠다 말했다. 누구 하나 먼저 전화를 끊지 못하고 마지막 인사만 수십 차례 주고받다가, 나는 결국 소화시키지 못한 애틋함을 내뱉고야 말았다. 이후 눈물을 머금은 그의 낮은 음성이 들렸다.

"나도 사랑해."

그간의 애도가 무색해졌다. 나는 다시 한번 파도와 함께 무너졌다. 우리의 사랑은 무엇을 남겼을까.

HAPPY

불행은 행복을 극대화시키기 위해 존재한다.

꽃같거나
좆같거나

당신의 연애는 꽃 같습니까?
아니면 좆 같습니까?

감사하는 마음

아무것도 없는 나를 믿어주고 응원해주는 내 사랑 엄마 포함 다수의 사람들에게 깊은 감사의 마음 전해요.

『스친 것들에 대한 기록물』이 연결고리가 되어 때때로 저에게 연락을 주셨던 모든 분들에게도 정말 깊은 감사의 마음 전해요. 덕분에 추운 계절 따뜻했습니다.

꽃 피는 계절, 인생의 꽃은 너야!
언제나 어디서나 해삐―

김은비

1991년 3월 15일에 태어나 / 김해 金 은혜 恩 왕비 妃 / 그래서 김은비 / 불완전해서 불안정한 것을 좋아해 / 재수해서 들어간 서울예대 / 이후의 드라마 작가가 되기 위해 극작 전공 /『스친 것들에 대한 기록물』『꽃같거나 좆같거나』저자 / 언제나 어디서나 해삐

@bbiiihappy

꽃같거나 좆같거나

2017년 7월 31일 1판 1쇄 발행
2023년 6월 14일 1판 4쇄 발행

지 은 이 김은비
발 행 인 이상영
편 집 장 서상민
편 집 인 채지선, 한성옥, 이경은
디 자 인 서상민, 전가람, 오윤하
펴 낸 곳 디자인이음
등 록 일 2009년 2월 4일:제300-2009-10호
주   소 서울시 종로구 효자동 62
전   화 02-723-2556
메   일 designeum@naver.com
blog.naver.com/designeum
instagram.com/design_eum

*잘못된 책은 바꾸어드립니다.